To Espe, for a lifetime.

A Espe, mi ñaña. Por toda una vida.

José Carlos Andrés

É G A L I T È

My Dad is a Clown / Mi papá es un payaso
Egalité Series

© Text: José Carlos Andrés, 2014
© Illustrations: Natalia Hernández, 2014
© Edition: NubeOcho and Egales, 2016

www.nubeocho.com – info@nubeocho.com
www.editorialegales.com - info@editorialegales.com

English translation: Amaranta Heredia Jaen
Text editing: Martin Hyams and Daniela Morra

Distributed in the United States by
Consortium Book Sales & Distribution

Third edition: 2016
Second edition: 2015
Fist edition: 2013

ISBN: 978-84-944137-6-6
Legal Deposit: M-21632-2015
Printed in China

VALUES
FUN &
DIVERSITY

MY DAD IS A CLOWN

JOSÉ CARLOS ANDRÉS
NATALIA HERNÁNDEZ

MI PAPÁ ES UN PAYASO

The other day at school,

a classmate got angry at me and said,

"Clown!"

I thanked him and gave him a kiss.

He didn't understand

but we became friends again.

El otro día, en la escuela,

un compañero se enojó conmigo y me dijo:

—¡Payaso!

Yo le di las gracias y un beso.

Él no entendía nada,

pero volvimos a ser amigos.

My dad is a clown and I am very proud
of him and his job, which is one of the most important jobs.
Imagine how important it is. He makes people laugh.

Laugh!

Es que mi papá es payaso, y yo estoy muy orgulloso de él y de su trabajo, que es de los más importantes. Fíjate si es importante, que hace reír a las personas.

¡Reír!

Pascual, my other dad who is a doctor, says that
they have two of the most important professions:
one heals the body and the other heals the soul.

I don't really understand what "healing the soul" means,
but it sounds extremely important.

Pascual, mi otro papá que es médico, dice que
las suyas son dos de las profesiones más necesarias del mundo:
una cura el cuerpo y la otra el alma.

No entiendo muy bien eso de «curar el alma»,
pero suena superbonito.

When I have breakfast, dad goes to wake up Pascual.
He never wants to get up, because he always likes
to sleep a little longer. It is fun to listen to them.

They always end up laughing, and I join in and laugh
with them, although I'm not sure why.

I think their laughter rubs off on me, although
they say it's their happiness that is contagious.

Cuando estoy desayunando, papá va a despertar
a Pascual, que nunca quiere levantarse porque
dice que tiene más sueño. Es divertido escucharlos.

Al final, siempre terminan riéndose, y yo con ellos,
aunque no sé muy bien por qué lo hago.

Creo que me contagian su risa, aunque ellos dicen
que me contagian su felicidad.

I still don't know what I want to be when I grow up, but I think I would like to be a spy.

One morning, dad left home early because he had a very important show. I suggested to Pascual that we pretend to be spies and follow him.
Pascual liked the idea and we both went out after dad.

Yo aún no sé qué voy a hacer cuando sea grande, pero creo que me gustaría ser espía.

Una mañana, papá salió antes de casa porque tenía una función muy importante, y le propuse a Pascual que lo siguiéramos, jugando a los espías. La idea le gustó, y salimos los dos tras él.

We found him in the gym, where he cycled and ran on the treadmill for a good while.

I thought it was rather boring, running and cycling without going anywhere.

Lo encontramos en el gimnasio, donde pasó un buen rato en bici y corriendo sobre una cinta.

Me pareció muy aburrido hacer eso sin moverte del sitio.

After that, we followed him to the theater.
They let us in because they know Pascual.
Dad has never let me go to see any of his rehearsals.

We hid behind the seats to
spy on him without being seen.

Luego lo seguimos hasta el teatro.
Nos dejaron entrar porque conocen a Pascual.
A mí nunca me ha dejado ir a verlo a un ensayo.

Nos escondimos detrás de las butacas,
para espiarlo sin ser vistos.

I was flabbergasted. Instead of doing silly things to make people laugh, my dad got up on a bike that broke and had to keep his balance so he wouldn't fall off. When he stood up, he tripped and fell in a thousand different ways.

At the beginning I was worried, but Pascual explained that those tumbles were called "rehearsals" and that he never really hurt himself.

Me quedé con la boca abierta. Mi papá, en vez de hacer tonterías para hacer reír, se subió sobre una bici que se rompió y tuvo que hacer equilibrios para no caerse. Al ponerse en pie, tropezó, y se cayó de mil maneras distintas.

Al principio me asusté, pero Pascual me explicó que esas piruetas que realizaba era lo que llaman «ensayo» y que no se hacía nunca daño.

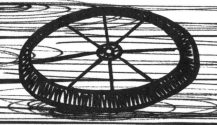

He also juggled.

And sang.

And laughed.

And cried. He was pretending to cry. That was weird, but Pascual says that he does it to make others laugh.

También hizo malabares.

Y cantó.

Y rió.

Y lloró. Lloraba de mentira. Es algo raro, pero Pascual dice que lo hace para que los demás se rían.

Seeing him in the theater was very funny, but
I think rehearsals are tough and difficult.

I had never seen him so serious.
Now I understand what it means to be a clown.

Verlo en el teatro era muy divertido, pero
los ensayos me parecieron muy difíciles y duros.

Nunca lo había visto tan serio:
ahora entiendo lo que es ser un payaso.

Even though we were pretending to be spies,
I couldn't help clapping when he finished.
When he saw us, he began to cry. Pascual also cried.
I was so touched by their happiness that I cried too.

Y aunque estábamos allí de espías, no pude más
y comencé a aplaudir a mi papá. Y él se puso a llorar.
Y Pascual también lloró. Y yo, contagiado
de su felicidad, también lloré.

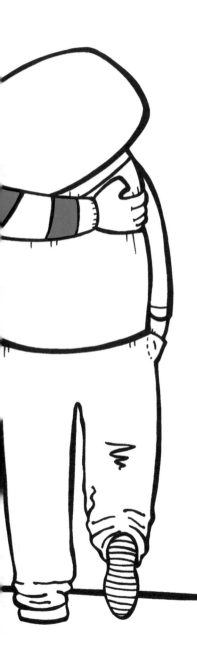

I'm very proud of my dad's job,
but I'm most proud of my family.

Having such wonderful fathers
makes me laugh and cry with joy.

Estoy muy orgulloso del trabajo de mi papá,
pero más lo estoy de mi familia.

Tener unos padres así de maravillosos
me hace reír y llorar de alegría.

So today I decided that, when I grow up, I want to be a doctor...

Hoy he decidido que cuando sea grande, quiero ser un médico...

with a bright red clown's nose.

con nariz de payaso.

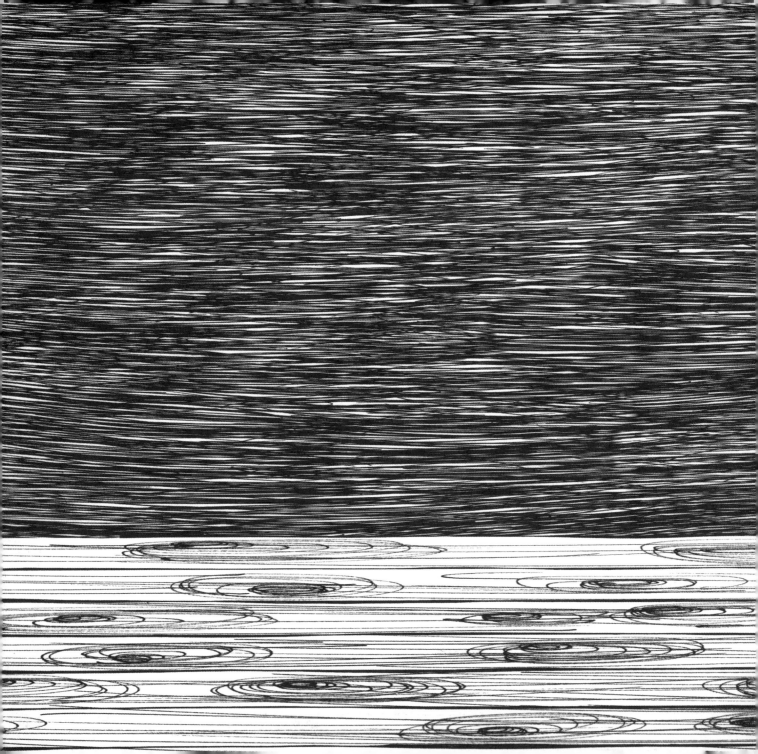